我的 吸血鬼同學

05
絢麗的海洋之都

創作繪畫・余遠鍠　　　故事文字・陳四月

目錄

迦南

擁有金黃魔力的人類少女。好奇心重，領悟力強，平易近人的她曾被黑暗勢力封印起她的魔力，是九頭蛇想捉拿的人。

安德魯

吸血鬼高材生。外形冷酷，沈默寡言，喜歡閱讀的他想找出失蹤多年的父親，對迦南格外關心。

卡爾

胃口極大的人狼。是學園小食部常客，身材健碩，熱愛跑步，經常遲到的他和安德魯自小已認識。

米露

身手靈活的貓女。像貓兒一樣喜歡捕捉會動的物件，有收集剪報的習慣，熱愛攝影的她夢想成為魔法世界的記者。

美杜莎

蛇髮妖族的後裔。由於這一族的妖魔出了很多危害國家的罪犯，所以美杜莎在學園也被杯葛孤立。她曾嫉妒受歡迎的迦南，但現時二人已成為朋友。

法蘭

魔幻學園的訓導主任。同時是學園舊生的他因為一次事故變成半人半機械的模樣。表面對學生嚴厲其實十分疼愛學生。

四葉

來自東方學園的九尾妖狐少女。活潑好動而且十分熱情的她和卡爾有婚約在身。和迦南一樣，四葉也擁有金黃魔力。

阿諾特

吸血鬼一族的王子，是被寄予厚望的天才。追求力量和榮耀的他自視高人一等，對同樣被視為天才的安德魯抱有敵意。

愛莉

人魚族的公主，既是金黃魔力持有者，也是海洋之都未來的領導人。雖然愛莉對自己的歌聲缺乏信心，但是她的歌聲充滿了溫柔而強大的魔力。

愛瑪

統領海洋之都的人魚皇后，她的歌聲能吸引成千上萬的旅客前來欣賞，是魔幻世界中舉足輕重的人物。

基德

基德是愛莉的父親，愛瑪的丈夫。身為人類的他曾經是經驗豐富的公會獵人，因為右手被妖魔吃掉而退隱江湖。

我的
吸血鬼同學

　　魔幻學園的保安措施一向由訓導主任法蘭負責，他製作的**無人盔甲**遍佈學園，為學生提供安全的學習環境。

　　但現在西方學園卻多了一批新的守衛，由海洋之都派遣過來的魚人士兵。

　　「為什麼學園會多了一批**魚人士兵**呢？」飯堂之內，迦南問其他同學。

　　「你們去狼牙山谷時，魔幻王國發生了很多**大事**呀，喵～」貓女米露拿出剪報冊。

「黑魔法派**重新崛起**，魔界樹瀕臨枯萎消失，還有吸血鬼一族轉投黑魔法派，現在魔幻王國的國民全都**人心惶惶**。」蛇髮女妖美杜莎說。

「那跟魚人士兵有什麼關係呢？」九尾狐四葉問。

「因為外界擔心學園的安全呀，這裡學生眾多，加上坊間盛傳來年會有一個備受矚目的學生入學。」米露接著說。

「**新學生？**要動用這麼多人保護？」迦南疑惑地問。

「嗯，是從水都學園轉校過來的，人魚皇后的女兒。」美杜莎也對此事**略有所聞**。

「水都學園？」四葉從東方學園轉校而來，但她也不知道在遠方還有別的學園。

「對呀，位於**海洋之都**，專為水生妖魔而設的學園。」米露打開地圖，指出海洋中的一個島嶼。

「海洋之都……那裡會不會有很多美味的海鮮吃呢？」人狼卡爾邊吃著豐富的午餐邊說。

「你腦子裡除了 **吃** 之外還有什麼呢？」四葉扭著卡爾的耳朵說。

「對了，安德魯呢？下課之後就不見他了。」迦南四處張望也不見吸血鬼安德魯的影蹤。

自狼牙山谷一役之後，吸血鬼一族已和過去**截然不同**，他們的領導人不再是主張和平的一份子。

校長室內，校長巴哈姆特向安德魯說出真相，曾和阿諾特交手的訓導主任亦深感遺憾。

「安德魯，昔日的王子阿諾特已奪去王位，我的老朋友吸血鬼王恐怕已被禁錮起來，黑翼古堡現在成為了黑魔法派的堡壘。」家園適逢

巨變，校長認為有必要把一切告知安德魯。

安德魯因為父親是黑魔法派的成員而被族人**杯葛**，但現在整個吸血鬼一族也墮入黑暗之中。

「**媽媽**……她還在古堡內嗎？」而安德魯的母親自丈夫失蹤後便把自己關在房間內，不問世事。

「相信阿諾特不會危害族人，你的母親應該沒有**生命危險**。」法蘭說。

「我知道你一定會很擔心母親的狀況，但現在踏入黑翼古堡是十分危險的事。」黑翼古堡已成為**危險地帶**，連校長也不敢草率行事。

「我已派出無人盔甲到黑翼古堡查清狀況，一有消息我們便會拯救你的母親。」法蘭輕拍安德魯的肩膀。

安德魯一直不想再回到黑翼古堡，但母親的處境令他坐立不安，父親還是**下落不明**，和他勢不兩立的阿諾特更登上王位，就算多不情願，安德魯也知道終有一天他要重回這充滿不快回憶的地方，而這一天或者已不遠矣。

藍湖之內正進行建築工程，一班健壯的魚人搬運材料潛到湖底，迦南等人看著也感到新奇。

「這轉校生真**大陣仗**，學園竟然為她興建個人宿舍。」同樣是一族的公主，九尾狐四葉並沒有要求特別待遇。

「海洋之都有最大的水上樂園，又有最繁榮的水底都市，所以這人魚公主可算是魔幻世界的**超級貴族**呀。」米露拿著望遠鏡窺探著湖底。

「已經放學了吧？你們還不回宿舍？在這裡有什麼好戲看呢？」小食部店長，八爪魚奧莫和他的後輩莫拉在眾人身後說。

「我們好奇這湖底下會興建怎樣的東西嘛。」美杜莎說。

「對水底建築感興趣的話，何不參觀一下海洋之都呢？反正暑假快到了，那裡是夏日必去的**旅遊勝地**啊。」海洋之都是奧莫的故鄉。

「但它離學園很遠吧？我們應該坐什麼交通工具呢？」迦南乘搭過飛行纜車，也坐過飛天馬車到狼牙山谷，但魔幻王國中的海洋世界她還未接觸過。

交給我吧！我為你們準備交通工具，順便當你們的導遊吧！

熟悉海洋之都的莫拉充滿自信地說。

在眾多暑期節目中，水上活動絕對是**最佳之選**，而魔幻世界的海洋更充滿新奇事物，但迦南還在擔心安德魯，因為下課後安德魯又再不見影蹤。

訓導主任的教員室內，安德魯又再進行搏擊訓練，但經過在狼牙山谷的特訓後，安德魯現在已能同時應付八副無人盔甲。

「身手靈活了許多呢，那就再提高難度吧。」法蘭一聲令下，再多兩副無人盔甲從後襲向安德魯。

「**解放！爆破火焰魔法！**」危急之際，安德魯轉身伸出拳頭，火焰隨即炸開突襲的盔甲。

「說好了禁止使用魔法吧？」法蘭微笑著說。

「但沒有禁止使用魔法道具呀。」魔法是從安德魯手上的戒指發射出，這是迦南送給他的魔法道具。

能儲存**一發魔法攻擊**的戒指，是魔法師的秘密武器。

「你又顧著特訓，晚飯時間快到了啦。」迦南來到教員室，她猜想安德魯又留在這裡特訓。

「迦南。」汗流浹背的安德魯臉露微笑。

如果卡爾的腦海裡只有吃，那安德魯的腦裡就只有訓練，為了得到和惡勢力**抗爭**的力量不停訓練。

「今天的訓練就到此為止吧，暑假將至，你們要好好珍惜這假期呀。」除了學習外，法蘭認為留下**美好回憶**也是學園生活重要的一環。

離開教員室後，迦南坐上飛行掃帚，和安德魯慢慢飛回宿舍。

「對了！我們打算在暑假去參觀一下海洋之都，你會跟我們一起去嗎？」迦南問。

安德魯猶豫了一會兒，他暫時不能回黑翼古堡，而學園在暑假也會暫停開放。

「你最近都**愁眉苦臉**，就趁這個機會放鬆一下，轉換心情吧。」迦南知道是什麼困擾著安德魯，但繼續苦惱也無補於事。

「也好，我也從未去過海洋之都呢。」安德魯說。

然後，令人引頸以待的暑假很快就來到，魔幻世界的海洋是**美麗又神秘**的地方，等待迦南他們的，又會是新的挑戰。

位於海洋之都的水底宮殿內，人魚皇后坐在貝殼王座上閱讀奧莫寄來的魔法信件，她的女兒亦在旁一同觀看。

「是從魔幻學園來的訪客，有可能是愛莉你未來的同班同學呢，我們要好好招待這班新朋友才行呀。」人魚皇后愛瑪熱情地說。

「新同學嗎？」愛莉卻沒精打采。

「怎麼啦？還是不捨得水都學園的朋友們嗎？」愛瑪把愛莉抱起，讓她坐在自己的魚尾之上。

「我不想離開海洋之都呀⋯⋯從出生至今我也未離開過這片海域。」愛莉對新事物有所畏懼。

「傻孩子，魔幻世界這麼大，怎能局限自己在海洋之都？我讓你轉校到西方學園也是想你**擴闊視野**呀。」

愛瑪在成為皇后前遊歷過不只魔幻世界，連人界她也到訪過。

「反正我最喜歡這裡，最喜歡聽媽媽的歌聲。」愛莉抱著母親撒嬌著說。

人魚的歌聲，擁有傾倒眾生的魔力，傳說在人界也有不少船夫因為迷上人魚的歌聲而在海上迷失方向。

「你會喜歡這班新朋友的，當中有兩人更和你一樣。」愛瑪微笑著說。

「和我一樣？」愛莉疑惑地問。

「嗯，和你一樣，是天生擁有金黃魔力的人。」將會轉校到魔幻學園的愛莉，是第三個金黃魔力持有者。

被黑魔法派虎視眈眈，視為目標的拯救「魔界樹」的重要關鍵──金黃魔力持有者，原來在海洋之都，也有一個。

　　離開宮殿之海，一名長相貌似龍蝦和另一名長著大蟹鉗的年輕妖魔正在等候愛莉。

　　「愛莉，皇后沒有改變主意嗎？」愛莉在水都學園結識的朋友，龍蝦男說。

　　「她還是很想我到魔幻學園**增廣見聞**呢。」愛莉失望地說。

　　「魔幻學園到底有什麼了不起呢？」巨蟹男說。「我也很好奇呢，既然那裡的學生來了海洋之都，我們就去**試探一下他們的實力**吧。」愛莉萌生了一個新的念頭。

　　學園外的海邊上，迦南等人帶著行李等候，

因為他們的導遊奧莫和莫拉還未出現。

我又要去旅行！我也想游水呀！

迦南的母親玥華法師吵鬧著說。

別鬧了，我們還要工作呀。

迦南的父親史提芬拉著妻子說。

為什麼放暑假學生可以去旅行但我還要工作？我又要去！

玥華扭擰著說。

哈哈……因為我們是老師呀。

史提芬沒好氣地說。

當了母親這麼久，還是和以前一樣任性呢。

法蘭也前來送行。

就在迦南看著母親尷尬地笑之際，海中突然湧起巨浪，巨大海龜游出水面，那大龜殼上有如房屋一樣的建築物。

「人齊了嗎？海洋之都的遊客們。」

站在屋頂上的莫拉向眾人揮手。

「啊～是島龜啊！海洋之都著

名的**載人妖魔**！」米露搜集了很多海洋之
都的資訊，她以相機連忙拍下島龜的英姿。

　　「島龜好吃嗎？要怎樣烹調才好味道
呢？」卡爾看著大大的島龜吞嚥著。

　　「不能吃的……吃了我們就去不了海洋之
都啦。」四葉瞪著卡爾說。

「那麼六位年輕人準備好海洋之旅了嗎？」莫拉已準備好帶領他們進入魔幻之海。

然後迦南、安德魯、四葉、卡爾、米露和美杜莎也踏入島龜房屋，向深海進發。

「孩子們都離開了，我們也是時候辦正經事了。」魔法老師史提芬說。

「我想去游水……我新買的泳裝還未試穿過。」玥華失望地說。

「出發吧，校長在等我們。」法蘭轉身離開，他們今個暑假也和水上樂園沒有緣份。

龜殼房屋的設備**一應俱全**，大廳設有多張沙發，浴室、小型影院，就連開放式廚房也備有，而奧莫也在，他正為眾人準備午餐。

「嘩……魔幻世界的海底原來是這樣子的。」迦南望出窗外，魔幻世界的海底一點也不陰森恐怖，反而**色彩繽紛**、熱鬧無比。

海底之下珊瑚群發出七彩的亮光，大大小小的魚類也自由自在地暢泳，除了迦南乘坐的島龜之外，還有很多大型海底交通工具正在向海洋之都邁進。

「那是岩鯨呀，牠們是海中**最大型**的生物，負責拖動貨物來往海洋之都。」奧莫擺好了飯桌，並為學生們進行解說。

「守在岩鯨附近的是海洋之都的軍隊，他們騎著海馬，是海中速度最高的騎士。」奧莫指著隊形整齊的海洋騎兵說。

「為什麼要有軍隊守候呢？」迦南問。

「避免貨物被海盜奪去呀，雖然已很久沒再出現過海盜，但海洋之都是貿易中心，提高警覺也是必要的。」奧莫對故鄉的繁榮感到驕傲。

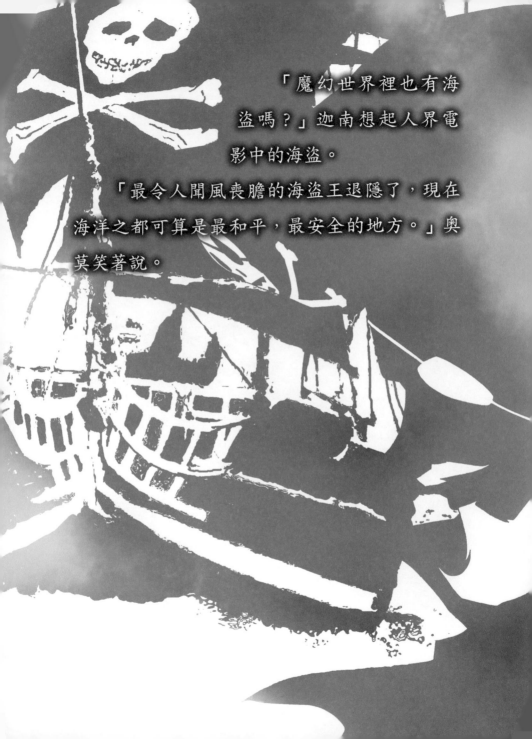

「魔幻世界裡也有海盜嗎?」迦南想起人界電影中的海盜。

「最令人聞風喪膽的海盜王退隱了,現在海洋之都可算是最和平,最安全的地方。」奧莫笑著說。

「迦南你不吃嗎？那我把你的午餐也清理掉吧！」在迦南和奧莫聊天之際，卡爾已把自己份的午餐吃掉，貪吃的人狼**食量驚人**。

「不要！」迦南連忙保護自己的午餐。

「對了，卡爾你不能以人狼的模樣進入海洋之都呢。」奧莫皺著眉說。

「為什麼？」卡爾問。

「因為海裡的妖魔啊……很怕人狼會把他們當海鮮吃掉。」奧莫笑著說。

「這樣就可以了吧？」卡爾變化成人類的樣子。

「這樣子還**挺帥氣**呢，我的未婚夫！」四葉貼著卡爾說。

「別過來！」然後卡爾又搖身一變成為小狗，躲避四葉。

「你逃不掉的！」

四葉也變成小狐狸，在屋內和卡爾追逐。

「你們別吵鬧啦，快到目的地了。」一直沉默地看著海洋景色的安德魯說。

繁榮的海底都市已近在眼前，迦南等人的夏日之旅正式展開。

來到海洋之都後，奧莫第一時間為迦南等人施展能讓他們在水中呼吸和活動的魔法。

　　「好了，大家都記得這魔法陣了吧？現在開始**自由活動**時間！」奧莫回到故鄉後也興奮不已。

「還說當我們的嚮導，一到目的地便跑開了呢。」美杜莎說。

「別管他了，我們一起去商場買泳裝吧！海洋之都的泳裝是**最漂亮**的！」米露挽著迦南邊走邊說，四葉和美杜莎也對購物中心十分有興趣。「那我們呢？」卡爾高聲地問。

「你們換好衣服便去上面的水上樂園等我們吧～」米露揮揮手說。

「要去嚐嚐海底美食嗎？」卡爾問安德魯。

「才剛吃了午飯呀，又吃？」安德魯驚訝地說。「水上活動是很**消耗體力**的，來！我們先去補充一下吧！」卡爾拉著安德魯說。

「不⋯⋯你自己去吧！別拉著我！」安德魯體能不及卡爾，被**硬生生**拖著走。

「都說你太瘦弱了，一點力氣也沒有，我帶你去吃多點，吃飽後再做運動，這就最長肉了！」卡爾無視安德魯的掙扎。

海洋購物中心內，來自魔幻學園的四個女生正在愉快地購物，海洋之都出品的泳裝有別於人界的泳裝，是方便在水底活動的時尚服裝，全部都兼備承受**水底壓力**的魔法，既實用又漂亮。

「迦南換好了嗎？快出來讓我看看！」四葉已試穿過三、四套泳裝，這時裝店有如女生的天堂。

「*換好了……但感覺很難為情呢。*」迦南探頭出更衣室外說。

「不用害羞啦！」四葉**二話不說**便衝進更衣室內。

「美杜莎，你選好了嗎？」米露換上白色的泳裝在鏡子前轉了一圈。

「隨便一套就可以了啦，安德魯和卡爾已等了很久吧？」美杜莎比較**不拘小節**。

　　「那就讓他們多等一會兒呀，男生等在扮靚的女生又有什麼問題呢～」米露還在挑選太陽眼鏡。

　　女生花在購物的時間是十分漫長的，女妖魔亦一樣。

　　另一邊廂，卡爾拉著安德魯走遍商場內的小食商店，在水生妖魔眼中這兩名帥氣的男生**十分注目**。

　　「你還未吃夠嗎？」安德魯感到渾身不自在。

「海底的小食都很不錯呢，但還是四葉做的料理好吃一點。」貝殼麵包、串燒海鮮、八爪魚軟糖，卡爾兩手滿是零食。

「差不多該到水上樂園和她們集合了吧？」安德魯只想快點避開途人的視線。

「怎麼了？掛念迦南嗎？才分開沒多久啊！」卡爾狡猾地笑著說。

「我免得要女生等我們罷了。」安德魯尷尬地說。

「真是個紳士呢！」卡爾接著說。

「慢著……那邊發生什麼事了嗎？」安德魯發現前方不遠處正有人圍觀著。

一名龍蝦和蟹妖正威嚇著一個貌似人類的女生。「看來真的要當一次紳士了。」安德魯準備出手營救。

「有帶魔法杖嗎？」卡爾也摩拳擦掌。

「沒有，但正好試驗下搏擊訓練的成果。」安德魯展開翅膀飛到女生面前。

「雖然不知道你們有什麼恩怨，但這樣威嚇女生是不對的吧？」安德魯擋住了巨蟹男的**大鉗**。

「吸血鬼？這裡是海洋之都，是我們水生妖魔的地方。」龍蝦男想上前支援。

「水生妖魔都長得這麼古怪嗎？」卡爾抓住了龍蝦男的右手。

龍蝦男想要掙扎，但體格上還是人狼佔優：

「看我的！**爆炸泡沫**！」巨蟹男吐出大量泡沫，只要不小心觸碰到泡沫就會被爆破弄傷。

「不使用魔法，目標是一分鐘內擊倒對手。」安德魯靈活地避開泡沫，向巨蟹男步步進逼。

和無人盔甲進行的特訓大幅提升了安德魯

的體能和反應速度，這種緩慢的泡沫在他眼中有如靜止的擺設。

「**回旋巨鉗！**」巨蟹男眼見對手迫近馬上旋轉身軀，想要把安德魯擊飛。

但安德魯早有準備，彎身把這巨蟹陀螺踢跌。

「投降吧，這戒指內的魔法足以把你烤熟。」安德魯撲上巨蟹男身上，以戒指指向他的頭顱。

「魔幻學園的學生原來是這麼厲害的⋯⋯」巨蟹男畏懼地說。

「你怎知道我是魔幻學園的學生？你到底是什麼人？是黑魔法派派來的刺客嗎？」安德魯激動地說。

經歷過多次被黑魔法派襲擊，安德魯變得十分敏感，敵人隨時出現，他一刻也不敢鬆懈。

「**救……救命呀！**」四周的旁觀者突然驚叫走避，引開了安德魯的視線。

「是人狼呀！」旁觀者驚恐的原因，是卡爾展現的人狼模樣。

「奧莫不是說過別展露人狼的樣子嗎？水生妖魔都怕了你呀。」安德魯**沒好氣**地說。

「我想試試能否咬破這龍蝦的爪嘛。」卡爾抓著頭皮說。

「是機會！撤退吧！」巨蟹男趁機連同龍蝦男一起逃走。

「**慢著！**」安德魯想要追趕，因為對方知道他們是魔幻學園的學生。

但安德魯來不及追上，剛才被威嚇得跌坐地上的女生卻站在他們面前。

「兩位，謝謝你們拯救了我。」女生露出甜美的笑容。

「啊⋯⋯不用客氣，剛剛的兩人到底是誰？」安德魯錯過了追查的機會。

「只是普通流氓罷了，兩位不像是海洋之都的居民呢，你們是⋯⋯？」女生善意地問。

「我們是魔幻學園的學生，我是人狼卡爾，這**本口本面**的傢伙是吸血鬼安德魯，你呢？你看起來像是人類呢。」卡爾打量著女生，在魔幻世界居住的人類很少。

「我不是人類啦，我是人魚族的公主，在商場行走變化出人類的雙腳會方便一點。」愛莉微笑著轉了一圈，長裙輕輕揚起。

「**人魚公主？**即是我們的新同學？」安德魯和卡爾異口同聲地說。

「對呀，初次見面，我的名字是愛莉呀！下個學年還請你們多多指教呢，但既然在海洋之都，就由我帶你們遊玩吧！」愛莉禮貌地向兩人鞠躬，然後挽著兩個男生向前邁進。

而躲在遠處的巨蟹男和龍蝦男看著這畫面充滿疑問。

不是叫我們試試對方的身手，一有機會她就偷襲那兩人嗎？

巨蟹男說。

不會是見對方是帥哥，就拋棄我們了吧？

龍蝦男說。

這**英雄救美**的戲劇是愛莉策劃的，一方面她想看看魔幻學園的學生身手如何，另一方面當她看到兩個帥氣又陌生的男妖魔，不由自主想要了解一下。

海洋之都分為水上和水底兩部分，水面上的是魔幻世界中最大型的水上樂園，水底下的是水生妖魔居住的水底都市。

搭上**超過二百層高**的水底電梯後，安德魯、卡爾和愛莉也到達了水上樂園。

「竟然要女生等待，原來是去了結識新的女性朋友呢！」米露看著兩個男生中間的愛莉說。

「是巧合呀，我們在商場剛好碰到她被壞人襲擊。」卡爾**理直氣壯**地說。

「還英雄救美呢，枉我和迦南還刻意為你們挑選套好看的泳裝。」四葉瞪著卡爾說。

「很漂亮呢……」安德魯望著迦南臉紅著說。

「謝……謝謝。」迦南沒有生氣，但穿著不習慣的泳裝讓她感到不自在。

「這女生是我們未來的同學呀！那個人魚公主轉校生。」卡爾**一臉無辜**地說。

「人魚公主……這女孩難道是……」美杜莎從愛莉身上感受到熟悉的魔力。

「我和這兩位女生一樣，我也是金黃魔力的持有者。」愛莉釋放出壓抑著的**強大魔力**。

「真的和我們一樣啊。」迦南感受著這魔力，因為這種力量她曾多次陷入危機之中。

「是**自己人**呢，那就別理那兩個男生！我們去玩吧！」四葉把愛莉拉到身邊，然後五個女生並肩而行。

「她們在生氣嗎？因為我沒買零食給她們嗎？」**不解女人心**的卡爾問安德魯。

「不是這樣啦……但有一點我很在意。」安德魯苦思著說。

「什麼？」卡爾問。

「那蝦兵和蟹將知道我們是魔幻學園的學生，就像是刻意試探我們一樣。」安德魯回想著交手的情況。

「是你想多了吧，他們不是被我倆打到落花流水了嗎？」卡爾自信滿滿地說。

「希望是我想多了吧。」安德魯看著愛莉的背影說。

多了人魚公主當伴遊，七名年輕人開始了在海洋之都的第一天，海洋之大無奇不有，就算沒有黑魔法派的刺客，也不擔保這旅程一帆風順。

「嘩！好快呀！」

來到水上樂園之後，迦南
等人立即嘗試這裡最長最高的
水滑梯。

在環繞著整個水上樂園的水滑梯上能把這裡的景觀**一覽無遺**。

「真的比過山車更刺激呢。」就連安德魯也感到十分興奮。

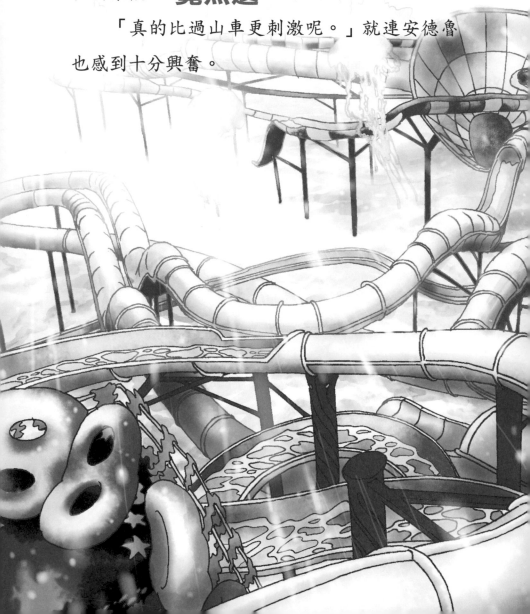

「終於有點笑容了呢。」迦南看著頭髮沾濕了的安德魯說。

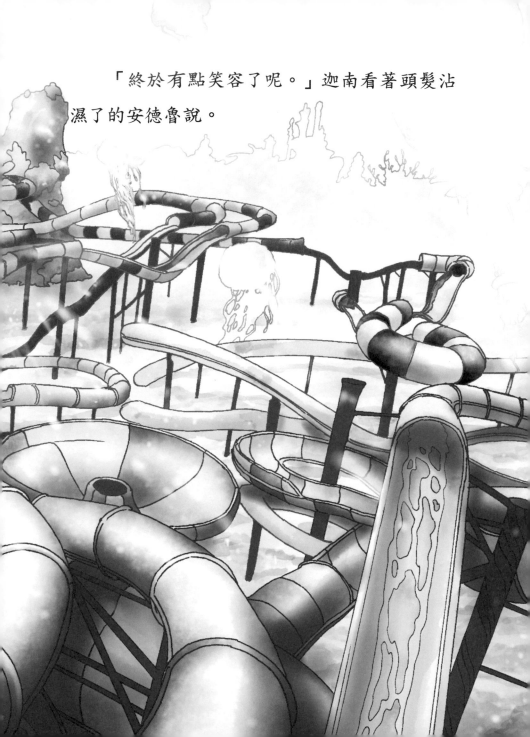

「我？」安德魯問。

「從狼牙山谷回來後你就一直**愁眉苦臉**呀，來這裡轉換心情是正確的選擇。」迦南知道安德魯一直擔心著故鄉發生的事。

「唉呀！」安德魯被從後撞飛。

「好玩！我感覺自己有如炮彈一樣呢！再玩一次吧！」撞飛安德魯的，是從水滑梯飛躍過來的卡爾。

「你這笨蛋……給我站住！」安德魯背部發痛。

「唉呀！」怎料安德魯又再被撞飛起來。

「抱歉啦，安德魯你怎麼站在滑梯出口呢？卡爾！等等我呀！」四葉撞飛安德魯後再追向卡爾。

「你們……被我捉到就**死定了**……」連被撞倒兩次，安德魯生氣地追上去。

水上樂園擁有令人放鬆心情的神奇魅力，在這裡就算和不認識的人也能覓得樂趣。

「最後一次，我只表演多一次呀。」美杜莎被一群年幼妖魔包圍著。

蛇髮女妖在魔幻世界中是十分稀少的妖魔，在海洋之都更從未出現過，水上樂園的孩子們看到美杜莎的一頭蛇髮也好奇地圍觀起來，美杜莎為了哄孩子歡喜更表演用她的蛇髮連續向孩子噴水。

「很厲害呀！姐姐！再來一次！」孩子們還未看夠，圍著美杜莎的人愈來愈多。

「救命呀……你們放過我好嗎？」美杜莎無法脫身，在魔幻學園她是令人生畏的人，但在海洋之都卻深受孩子歡迎。

而熱愛攝影的米露不忘拍下各人玩樂的相片，這聞名於世的水上樂園有很多值得她記錄的地方。

「魔幻學園的學生們都很有趣呢，我看你們相處得很愉快。」愛莉回復了人魚的魚尾，在水中能活動得更快更靈活。

「嗯，大家也一同經歷過不少事，是**非常要好**的朋友呢。」迦南回應著說。

「在水都學園裡，可能因為我的身份較特殊吧，感覺和其他同學也有一點**隔閡**。」愛莉是這片海洋的公主，也是海洋之都未來的承繼人，其他同學只敢恭維，而不敢頂撞她。

但這種待遇卻令她感到**寂寞**，無論多努力還是無法和其他人親近起來。

「四葉也是妖狐族的公主，她是因為和卡爾的婚約才轉學到西方學園的，但

我們很快就親近起來，相信到你去到西方學園時也是一樣的。」迦南初到學園時也因為是魔法老師的女兒而備受關注，這一種**壓力**並非樂事。

「原來四葉和卡爾有婚約在身嗎？那安德魯呢？你們在交往嗎？」愛莉好奇地問。

不……不是……還不算是。

迦南害羞地回應，她想起在銀月祭那氣氛良好的晚上，卻被黑魔法派破壞了。

「但一提到他你就臉紅耳赤呢。」四葉看著遠方正在追逐的安德魯說。

「那邊的船⋯⋯好像有點古怪呢。」米露把鏡頭向遠處對焦，海面之上出現了**不尋常**的船隻。

而那艘船正逐漸向風平浪靜的海洋之都接近，船上掛著的旗幟，是戴著一邊眼罩的獨眼骷髏頭。

大海之上，海盜船正駛向水上樂園，海盜船雖然體積不大但卻**設備精良**，兩邊船身備有多門大炮，而船長已站在船頭以望遠鏡窺探目標。

「大哥！我們已進入射程範圍了啦！」鯊魚掌舵員以粗壯的手臂掌舵。

「叫我**海盜王**！老子今天要重現海盜的威風。」戴著單邊眼罩的獨眼船長氣宇軒昂，身材健碩，他的臉上掛著長長的黑鬍子。

「大哥，你的鬍子歪了。」魔鬼魚男船員說。

「啊……謝謝，都說叫我海盜王呀！」獨眼船長非常重視稱謂。

「大哥，這次行動……不怕嗎？」水母女妖欲言又止。

「不怕！今天我們就盡情搗亂一番，嚇嚇這班**乳臭未乾**的小鬼！發炮！」獨眼船長戴上他右手的鐵鉤義肢，向水上樂園揮軍邁進。

「被抓包的話大哥你一力承擔呀……」大八爪魚女妖一連按下多個按鈕，海盜船立即射出多顆大炮彈。

自稱海盜王的男人帶著船上一行四名妖魔，向水上樂園發動攻擊，大量炮彈從天而降，還**蒙在鼓裡**的遊客們都來不及走避。

　　但大炮沒有造成人命傷亡，被炮火擊中的地方都染上一大片顏色。

　　「有海盜呀！快逃命呀！」但海盜的出沒足以叫遊客膽戰心驚，雞飛狗走。

　　「這是⋯⋯顏料彈？」迦南摸著地上的一片顏色說。

　　「已經多久沒海盜出現過了，為什麼會突然襲擊海洋之都呢？」愛莉出生至今也未曾見過海盜。

　　「迦南！無受傷吧？」安德魯望見敵襲將至，馬上回到迦南身邊。

　　「沒有，那些炮彈是顏料彈來的，被染上顏色，就**無法抹掉**。」迦南試著擦拭，但顏料有如被施展了魔法。

「大家都沒有受傷吧？」四葉和卡爾也趕到和眾人會合。

「還有很多小孩子在，我們幫忙疏散人群吧！」美杜莎照顧著身邊的小孩子。

「海洋之都的**防衛軍**呢？無人對付這班海盜嗎？」米露看見隨著大炮掩護，海盜船已到達水上樂園。

「還未來到，這次襲擊太突然了……」人魚公主愛莉也顯得**手足無措**。

「好了，船員們，來大鬧一番吧！」海盜王拿著手槍登陸，身後的四名海盜也投擲出木桶。

木桶破裂後流出色彩繽紛的液態，把水上樂園的清水都染成**五顏六色**。

「要阻止他們……最起碼要拖延到援軍到達。」安德魯展開雙翼戒備。

「吸血鬼？你們就是魔幻學園的學生吧？看到海盜也不害怕嗎？」海盜王輕視著安德魯。

「又是知道我們身份的人，難道是黑魔法派的刺客？」卡爾變成人狼的模樣，他也準備好迎戰海盜。

「**卡爾，一起上！**」安德魯搶先進攻，高速飛向海盜王。

「勇氣可嘉呢，但年輕人切忌有勇無謀呀。」海盜王氣定神閒地說。

而且來襲的海盜不止一人，想要上前支援的卡爾已被鯊魚男阻攔住。

「據說人狼**力大無窮**，讓我看看是否名過於實吧。」鯊魚男以粗壯的兩手和卡爾比併力氣。

「卡爾！」四葉的前方亦出現了海盜。

水母女妖找上了四葉……

「想不到來了這麼多擁有**金黃魔力**的孩子，不小心點的話很易被壞人盯上啊。」而魔鬼魚男妖來到迦南的面前。

突如其來的海盜團破壞了迦南的暑期活動，本以為輕鬆愉快的水上休息日卻受到新的考驗。

第五章
六色魔法槍

　　海盜團突襲水上樂園，遊客們都紛紛躲避，迦南等人**挺身而出**阻止海盜們繼續破壞，但面對突如其來的對手，她們根本不知道自己有沒有足夠能力應付。

　　「這大八爪魚和奧莫是同類嗎？」貓女米露被八爪魚女妖的觸手抓住了。

　　「應該是吧……但她比奧莫更難纏，她的觸手在吸收我們的魔力。」美杜莎亦同樣動彈不得。

　　「貓女和蛇髮女妖，你們的本領只有這麼多嗎？」八爪魚女妖**先發制人**，米露和美杜莎一不留神就被抓住。

　　「小看我……石化光線！」美杜莎把八爪魚觸手石化起來，和米露趁機脫身。

　　「墨汁水炮！」八爪魚女妖向眾人噴出墨汁。

　　「不准你在海洋之都放肆！」人魚公主愛莉能操控液體，墨汁水炮在擊中她們之前被凝聚成水球。

　　「公主也出手了嗎？我可不想弄傷公主你啊。」八爪魚女妖為難地說。

　　另一邊廂，安德魯正和海盜王單打獨鬥，沒有魔法杖在手的他只能靠**拳腳功夫**和海盜王交鋒。

　　「看來你接受過不錯的訓練呢，年紀輕輕已經**身手了得**。」但任安德魯怎樣進攻也被海盜王輕易化解，反而安德魯對於海盜王的手槍處處提防。

「但是魔幻學園的學生不會使用魔法嗎？還是忘了帶魔法杖呢？」海盜王瞄準目標，安德魯立即拉開距離迴避。

「安德魯！」迦南從後叫喚，她以轉移魔法把魔法杖傳送到各人手中。

「謝謝，這樣便能還擊了。」幸好迦南隨身攜帶魔法杖，安德魯才不用只靠拳腳功夫。

「那就讓我看看你能接下我多少發子彈吧！」海盜王手上的是魔法道具，六色魔法槍，槍內的六發子彈也擁有不同的功效。

「對戰途中分心是很危險的事呀。」魔鬼魚男在迦南後方拍打雙鱗，以衝擊波襲擊迦南。

「上級暴風魔法！」迦南瞬間畫出魔法陣，以強風迎擊。

「反應不錯呢，那這樣又如何？」魔鬼魚男捲起海水，海水被他用力拍打後變成快速前進的水刃。

「抵擋不住了……」迦南面對著魔鬼魚男的強攻顯得吃力。

四葉和卡爾也一樣，面對著戰鬥經驗豐富的海盜們，他們都只能勉強打成平手。

「想不到在水中生活的妖魔力氣也這樣大……」卡爾和鯊魚男的比併無法佔優。

「出色的妖魔除了力氣之外，技術也同樣重要。」鯊魚男突然放輕力度，借力把卡爾摔倒。「**可惡！**」卡爾站起再撲向鯊魚男，但同樣被輕易地摔到另一邊去。

「這是我從人類身上學會的柔術，小人狼你還是太幼嫩了。」鯊魚男有如不動的高牆，任卡爾怎樣挑戰也**無法動搖**。

而四葉遇到的水母女擅長使用雷電魔法，四葉使出的九尾狐火通通被水母女的技法擋下。

「**迷你水母**分身，要是你無法破解這一招，就會被這些分身電暈啊。」水母女釋放出的迷你水母全身帶著電流，令四葉無法接近。

「本小姐就不信破解不了你的技法！」四葉高舉**符咒**，以大範圍的雷電法術對抗水母女的攻擊。

但這樣的法術反而更助長敵人的威風，雷電法術被迷你水母吸收，體型變得更大的水母電得四葉**全身麻痺**。

眾人也處於下風，海盜王更向安德魯步步進迫。「**六色魔法槍，黃色鐳射炮。**」海盜王的手槍向安德魯射出鐳射光束。

「霧化。」安德魯以霧化迴避。

「粉紅塑膠彈。」但海盜王轉換的下一發子彈，射出黏黏的塑膠把安德魯徹底封鎖住。

「動彈不了……」眼看敵人步近，安德魯也無力掙脫。

「魔法學園的學生也*不外如是*嘛！」海盜王以鐵鈎指向安德魯竊笑著說。

「嗚——嗚——」

海中突然傳來號角的響聲。

「大哥！是海洋騎士團的號角聲，我們是時候撤退了！」鯊魚男高聲吶喊，騎著海馬的海洋騎士們終於趕到水上樂園。

「好吧，今天的突擊就到此為止吧，我們還會見面的，吸血鬼安德魯。」海盜王轉身離開。

「下次再玩吧，黃金魔力的**持有者**。」魔鬼魚男也跟著離去。

「小九尾看來短時間也動不了呢，她的朋友快來照顧她吧！」水母女也沒有狠下毒手。

「孩子們！把餘下的彩彈全部發射吧！」海盜王一聲令下，海盜船上的最後兩名船員立即發炮，更多的彩色顏料彈散落在水上樂園。

「船上的那兩人……」安德魯看著海盜船，發覺那兩名海盜**十分眼熟**。

而其餘的海盜也跟隨海盜王回到船上，魔法學園的學生們吃了一場敗仗後，只能目送海盜們遠去。

水上樂園被染得五顏六色，短時間內只能關閉並進行清潔，幸好這次襲擊沒有造成人命

傷亡，只有迦南等人受了輕傷。

　　但這次海盜襲擊事件，卻讓身在現場面對海盜的眾人覺得十分古怪。

　　黃昏時份的水上樂園內，海洋騎士們有的正在 清理現場，有的正在向迦南等人偵查事發經過，但這些來自海洋之都的守衛們都沒有顯得十分緊張。

　　「你們所受的傷嚴重嗎？」騎著海馬的騎兵問。「沒有……但這班海盜污染了這水上樂園後便逃走了，他們的目的到底是什麼？」迦南邊照顧著四葉邊問。

　　騎兵冷淡地說……

唔……應該是惡作劇吧。

「我的朋友們都受傷了，但犯人卻逍遙法外，你們不認真追查的話，我便親自告訴母后，說你們**辦事不力**！」人魚公主嚴肅地說。

「公主殿下……我們一定會追查的，或者你先帶這班客人去休息吧，皇后正在找公主你呢。」騎兵恭敬地說。

「我們先回酒店休息吧，迦南，我有話想對你說。」安德魯感覺**事有蹊蹺**，並向迦南打了一個眼色。

回到水底酒店，迦南等一行六人加上人魚公主愛莉齊集到奧莫為他們準備的房間。

「這班海盜沒有搶劫，也沒有傷害途人，他們的目的只為**搗亂**，弄得水上樂園五顏六色。」安德魯憶述事發經過。

「的確很古怪……而且他們像是有心考驗我們，在騎兵來到前就**匆匆離去**。」卡爾想起和鯊魚的對峙，既像是被戲弄，又像是一堂體育課。

「愛莉你對海盜有什麼印象嗎？」迦南問。

「海洋之都已有數十年無海盜出現過，我也不知道他們到底是什麼人。」愛莉搖搖頭說。

「雖然**不甘心**，但那水母女妖的實力在我之上……」四葉的身體康復過來，但手腳還殘留著麻痺的感覺。

「不只那水母，其他海盜的實力同樣驚人。」米露和美杜莎合**二人之力**也敵不過大八爪魚女妖。

「海盜還會再出現的，這次襲擊只是開始……更重要的是，他們知道我們是魔法學園的學生。」安德魯回想著海盜王最後的說話。

「奇怪了……我們早上遇到的蝦兵和蟹將也同樣知道我們的身份呢。」卡爾抓著頭皮說。

「**蝦兵蟹將？**」迦南疑惑地說。

「就是早前襲擊愛莉的妖魔，更奇怪的是……我好像看到那兩名妖魔在海盜船上。」讓安德魯覺得**眼熟**的，正是龍蝦男和巨蟹男。

聽到這番說話後愛莉充滿著問號，因為龍蝦男和巨蟹男其實是她的同學，她不知道為什麼這兩人會和海盜王扯上關係。

「公主殿下，關於今晚的演出，皇后決定待海盜出沒的事調查清楚後再進行。」酒店房間門外的騎兵說。

「啊……那就好了。」聽到演出推遲，愛莉鬆了一口氣。

迦南等人異口同聲地問。

海洋之都**聞名於世**的除了水上樂園外，還有一個特別項目，足以吸引魔幻世界各地的人民來觀賞。

「原來是人魚皇后舉辦演唱會，就像是人界的明星歌手呢！」迦南興奮地說。

「人魚皇后的歌聲每月也會吸引大量遊客，是海洋之都重要的 **經濟來源** 呀。」米露的剪報冊收錄過人魚演唱會的報道。

「聽說人魚的歌聲擁有特殊的魔力，能治療疾病，又能讓人感覺 **充滿力量**。」美杜莎亦略有所聞。

「是充滿魔力的歌聲呢，幸好奧莫有準備門票給我們，這樣的表演確實不容錯過。」四葉對演唱會充滿期待。

「的確，對海洋之都來說，這是值得高興的盛事。」談到演唱會，愛莉總露出淡淡的哀愁。

「這次演唱會的曲目中，開場三首更是由愛莉演唱呢！」迦南看著演唱會傳單說。

水底宮殿的演唱會每一次也是由當代魔力最強的人魚演出，人魚皇后既魔力驚人，也是海洋之都的統治者，所以一直由她來獻唱。但隨著愛莉逐漸成長，加上愛莉又是金黃魔力的持有者，所以愛瑪決定慢慢帶領女兒踏上舞台。

愛莉是海洋之都**未來的主人**，她將會繼承母親，為各地遠道而來的妖魔獻唱。

「但你卻一點也不顯得高興呢。」安德魯對愛莉說。

「因為我……還未準備好，我的歌聲不像媽媽般動聽，更不像媽媽的歌曲能讓人充滿力量。」愛莉害怕唱歌，所以得知演唱會延期她反而鬆一口氣。

「但人魚的歌聲不是**天賦**的能力嗎？像鳥人飛得高，像狼人跑得快。」米露問。

「但偏偏我卻**五音不全**，唱不到心裡想的聲音。」愛莉對自己的歌聲沒有信心。

「而且我只要踏上舞台面對人群就會全身發抖，一想到將來要一個人演出整場演唱會更感覺**很大壓力**呢。」其實愛莉活在壓力之下，母親的傑出成就讓愛莉感覺難以超越，但身為公主，她將來必須繼承這重任。

不需要比較，每個人也不一樣，你的聲音自然有你獨特的吸引力。

安德魯也是在**比較**下成長，他和阿諾特也被視為天才，他們的一舉一動也備受矚目。

「對了，我們來到海洋之都後一直也不見奧莫的身影，難道他一個人走去吃大餐了嗎？」傍晚時份，卡爾已感覺肚子**鼓鼓作響**。

「奧莫應該和我的父母在一起吧，時候已不早了，不如由我來招呼各位共晉晚餐吧？」愛莉想盡地主之誼，為遠道而來的朋友送上盛宴。

前往海洋之都的路上，眾人從酒店房間走向飯店的樓層，豐富的海洋**自助餐**正等待著迦南等人 。

　　「對了，愛莉的爸爸也是人魚嗎？」迦南問。

　　「不，我的爸爸和你一樣，是個人類。」愛莉笑著說。

　　「人類？那愛莉即是**人類**和**妖魔**所生的孩子！」米露和美杜莎驚訝地說。

　　「對呀，我帶你們和我爸爸見面吧。」愛莉說。「是人魚和人類的愛情故事呢。」路上周圍的牆壁也貼滿了人魚演唱會的海報，迦南撕下了一張留為紀念。

　　「爸爸！媽媽！奧莫叔叔！」來到飯店之後，愛莉立即跑向中央的圓桌。

「噢，我家公主和她的新朋友們終於來了嗎？」基德上前迎接。

「愛莉已經成長得**亭亭玉立**了呢，上次見面時你還只是個喊著要抱的小人魚。」奧莫取笑著說。

「那已經是多少年前的事情啦⋯⋯」愛莉不好意思地說。

「不只個子長高，歌喉也一定變好了吧？」奧莫回想起小愛莉唱歌走音，嚇得海洋生物**雞飛狗走**的模樣。

一提到唱歌，愛莉又再露出**失落**的表情。

「這班一定是魔幻學園的學生們了，幸會，我的名字是基德，我是愛莉的父親。」基德走到安德魯面前。

安德魯看著面前的男人，心裡充滿疑惑……

我們……是初次見面嗎？

「大家也別站著了！快點過來吃一頓豐富的晚餐！這晚餐由皇后請客！」奧莫說出卡爾最想聽到的說話。

　　豐富的免費自助大餐。

　　「我不客氣了！」卡爾馬上奔跑起來。

　　「這傢伙真失禮⋯⋯」四葉沒好氣地說。

　　「能招待你們是我的榮幸呀，妖狐族的公主四葉，還有來自人界的迦南，兩位也和我的女兒一樣，身懷金黃魔力。」人魚皇后愛瑪微笑著說。

「皇后認識我們？」迦南感到**受寵若驚**。

「當然，你們的存在關係到魔幻世界的未來，先吃飽再說吧，你們遠道而來應該很餓了吧？」愛瑪禮貌地說。

眾人圍著的大圓桌擺滿美食，來到海洋之都的迦南等人終於有機會**飽餐一頓**，加上早上和海盜對戰過後眾人都胃口極佳。

「我們真的很期待人魚皇后的演唱會呢，海報設計得也很漂亮。」迦南拿出海報，有如愛瑪的粉絲一樣。

「謝謝，你們知道人魚的歌聲在古時是擔當什麼角色嗎？」愛瑪微笑著解說。

「角色？」迦南問。

「人魚的歌聲，和魔法師使用的魔法很相似，我們能唱出**治療傷勢**的歌，也能唱出**提高士兵戰鬥力**的歌，更能唱出**讓人昏睡**的歌。」人魚的歌聲，是一種天賦的作戰兵器。

「就像協助團隊的支援魔法一樣？」迦南回想起自己學習過的支援魔法。

「沒錯，所以在海洋充斥戰爭的時代，人魚便擔當了**重要的角色**。」愛瑪接著說。

「在海上也發生過戰爭嗎？」迦南問。

「海洋之上曾經有很多海盜，他們想搶奪海裡的資源，行劫航行的船隻，於是海裡的妖魔們**集結成軍**，和海盜展開了漫長的戰爭。」愛瑪回憶著說。

「那些海盜最後怎樣了？」安德魯對海盜十分在意。

「海洋戰爭持續多時，雙方也**傷亡慘重**，最後當時的海盜領袖海盜王決定停戰，人魚領袖亦同意收容海盜提供居所給他們，海洋之都就是從那時開始建立。」基德說。

「那麼⋯⋯那個海盜王是不是戴著眼罩和鐵鈎的呢？」安德魯問。

「對，那獨眼海盜王從此就*銷聲匿跡*，沒有人再見過這位傳奇的海盜了。」海盜王的事蹟是海洋之都的傳說，而這些事情也是人魚皇后愛瑪出生前發生的舊事。

「獨眼海盜，和我們今早碰到的海盜一樣。」安德魯感覺一切也和這傳說中的海盜王有關。

「今早？你指的是在水上樂園搗亂的人？」愛瑪問。

然後安德魯把海盜的事一五一十向皇后稟報，安德魯相信海洋之都正面臨海盜王的威脅。

第七章
塗鴉

「原來如此，幸好你們沒有受傷，但我相信犯人……不會是那位**傳說中**的海盜王。」愛瑪思考著說。

「為什麼？」安德魯問。

「因為那海盜王是人類，人類的壽命沒有這麼長，時至今日，相信海盜王早已**離世**了。」人類的壽命遠比妖魔短。

「那麼今早前來搗亂的到底是什麼人呢？」迦南問。

「我想這可能只是**惡作劇**吧。」愛瑪說。

「我不認為這是惡作劇呢，和我們交手過的海盜全部身手不凡，如果不加以防範，可能會危害水底都市的安全。」安德魯嚴肅地說。

「這樣吧，我會跟海洋騎士團交帶一聲，命他們留意一下有沒有可疑人物出現。」但愛瑪還是不以為然。

「水上樂園的污染物我會安排人手清理，你們不用太擔心啦，好好享受這假期吧，**乾杯**。」基德舉杯的右手突然掉落地上，發出硬物碰撞的聲音。

「爸爸，義手鬆脫下來了。」愛莉拾起地上的義肢。

「呀，這東西近來經常鬆脫呢。」基德傻笑著裝回義肢。

「**義肢**……」安德魯注視著基德說。

基德的右手，在多年前被深海妖魔吃掉了。

海盜的出現沒有令海洋之都**提高戒備**，安德魯既感到不安，又充滿疑慮。

晚飯結束後，迦南等人都回到自己的房間休息，經歷了漫長的一天後，眾人都疲憊不堪，早已入睡，但迦南對海洋之都這新天地充滿好奇，於是一個人離開了酒店四處溜達。

「是歌聲呢。」迦南聽到遠處傳來微弱的歌聲，於是慢慢向聲音的來源步近。

水底宮殿之內，愛莉獨自在唱歌，為演唱會努力綵排，但就算是面對空蕩的座位，她的身體還是停止不住發抖，緊張的心情更影響她的音準。

迦南悄悄地坐在觀眾席一角，默默地聆聽人魚的歌聲，直至愛莉停下休息，迦南才拍掌以示鼓勵。

迦南！你什麼時候來到這裡的？

漲紅了臉的愛莉問。

「一陣子吧，看到你如此認真綵排，我也不好意思打擾你呀。」迦南步向舞台。

「**很難聽吧？我的歌聲**。」愛莉坐到舞台的台階上。

「不！不會！只是⋯⋯你一定很緊張吧？聲音都在發抖了。」迦南坐到她的身旁問。

「嗯⋯⋯一想到要被**成千上萬**的人聽見，我的心跳就不禁加速，我不知道觀眾想聽什麼，也不知道我的歌聲能否像媽媽一樣，讓觀眾得到力量，讓觀眾快樂。」愛莉一直在苦惱。

「最重要的不是別人想聽什麼吧？而是愛莉你想**傳達**什麼給觀眾。」迦南微笑著說。

「我想傳達的？」愛莉問。

「對呀，你想讓聽到的人快樂，還是想讓別人感覺悲傷，只要你全情投入，觀眾一定能感受到的。」迦南拿出人界的手機並插上耳筒。

「放膽去唱，不用在意別人的眼光。」
迦南戴上一邊耳筒，並把另一邊戴在愛莉耳上。

「如果唱歌的人不覺得享受，聽歌的人又
怎會享受呢？」然後迦南播放了一首人界樂曲，
高聲地跟著唱。

就算迦南**五音不全**，但她還是笑著去
唱，笑聲和歌聲感染了愛莉，讓愛莉也嘴角上
揚，就算不知道歌詞，就算是陌生的歌曲，愛
莉也跟著哼，跟著唱。

翌日清晨，來自魔幻學園的學生們還有愛莉準備繼續遊覽水底都市，但水底都市內卻充斥著緊張的氣氛。

　　「大家……看一看這邊。」安德魯站在牆前神情凝重。

　　因為牆上被塗鴉上黑色的獨眼骷髏頭，是和海盜王的旗幟相同的圖案，塗鴉之下更噴上了大字句。

「我要奪走這海洋之都內最貴重的黃金。」**一夜之間**，水底都市到處也被塗上這標誌和字句。

「畫得挺漂亮呢。」卡爾笑笑口說。

「你覺得這一點重要嗎？事態嚴重了還在開玩笑。」安德魯十分認真，他擔心這些海盜會危害迦南。

「我總覺得那些海盜並不危險呢。」卡爾還是**一臉輕鬆**。

「到底海洋之都最貴重的黃金會是什麼呢？」安德魯問。

「我也想不通，水底之內只有珍珠，這裡不存在黃金。」愛莉了解海洋之都，但她也**一頭霧水**。

「如果黃金指的不是實際的黃金，而是最珍貴的東西呢？」米露推測著其他可能性。

「我們現在好像偵探團呢。」迦南笑著說。

「最珍貴的……會是食物吧！海盜王想搶這裡的美食！一定是這樣！廚房！犯人想打廚房的主意！」卡爾突然站起，想拯救他心愛的食物。「一定不是……你還是乖乖聽大家的推理吧。」四葉拉著卡爾說。

「有一點我還是很在意，那個海盜王到底是誰人扮的呢？那鐵鉤是義肢來吧？還有眼罩，犯人為何要扮出這麼不便行動的造型呢？」美杜莎看著米露剪報冊中，關於海盜王的報導說。

「是用來製造恐慌吧？曾令人聞風喪膽的海盜王，像亡靈再現。」米露說。

「不可能是亡靈，我和他確實地交手過，毫無疑問他是一個人類。」安德魯說。

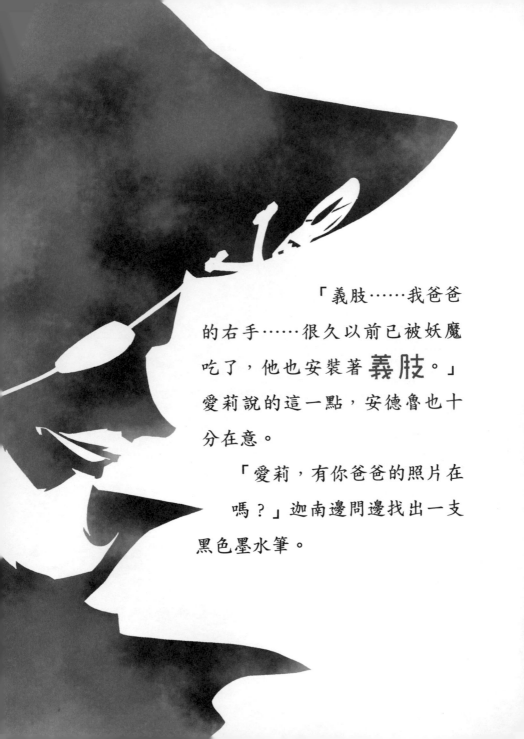

「義肢⋯⋯我爸爸的右手⋯⋯很久以前已被妖魔吃了，他也安裝著義肢。」愛莉說的這一點，安德魯也十分在意。

「愛莉，有你爸爸的照片在嗎？」迦南邊問邊找出一支黑色墨水筆。

愛莉拿出了一張**全家福**，然後迦南在上面畫了幾筆。

「很像⋯⋯和我們遇到的海盜王很相似。」
鬍子、眼罩、海盜帽子和鐵鈎，加上這些裝飾之後基德就有如**冒牌海盜王**。

「原來是因為沒有右手，所以逼不得已扮成戴著鐵鈎的海盜王。難怪只過了一晚時間就能**無聲無息**畫上這麼多塗鴉，原來犯人一直在海洋之都。」安德魯想通了答案。

「但是……爸爸又怎會是海盜呢？要是他就是**犯人**，他又會想偷取什麼呢？」愛莉驚惶失措。

「不是黃金，是金黃魔力的持有者，在海洋之都長大的身懷金黃魔力的人。」安德魯解讀出塗鴉的**真正意思**。

但這班海底偵探花了太多時間推理，海盜的魔爪已伸延到他們眼前。

迦南想要握住愛莉的手，但八爪魚的觸手已捲著愛莉……

愛莉！

水底追逐戰（上）

安德魯飛奔上前，但愛莉已被抓出窗外。

「為什麼她的爸爸會對她出手？」四葉一時間搞不清楚狀況。

「可能他的爸爸是**黑魔法派**的人！追出去吧！」使用過魔法之後，安德魯等人都能在水底靈活活動，但和水上妖魔相比，他們的速度還是太慢了。

「我說過我們會再見面吧，吸血鬼安德魯。」海盜王騎坐在魔鬼魚男的背上，鯊魚男和水母女妖也在他身旁。

「基德！」安德魯狠盯著海盜王說。

「大哥！你穿幫了！」鯊魚男驚訝地說。

「**不不不不！**我不是基德！你認錯人了！我是海盜王呀！」基德慌張地解釋。

「大哥，這小子真聰明呢！」水母女妖說。

「都說叫我**海盜王**了！人魚公主已被我們抓住，想拯救她的話便要先過我這一關！」八爪魚女妖捉拿了愛莉並一躍游向海面，海盜船正停泊在海上。

「變化魔法！人魚的尾巴！」

迦南以魔法把雙腿變成魚尾，這是她出發到海洋之都前特意學習的魔法。

「愛莉就交給我吧！」迦南身邊更飄浮著粉紅色的魔法書。

有了人魚的尾巴，迦南就能在水中移動得更快。

「大家快聚集在一起，在水中作戰對我們會相當不利，我們要靠團隊優勢，避免像昨日般被**逐一擊破**。」安德魯召集眾人，他的身邊也飄浮著藍色魔法書。

海水的阻力對揮舞魔法杖十分不利，唯有安德魯的魔法書和四葉的符咒不被影響。

「臨時湊合的五人小隊能和我的海盜團相提並論嗎？」海盜團搶先進攻，水母女妖又再以迷你分身展開攻勢。

「石化光線！」分身包圍著學園小隊，但美杜莎的石化技能有效地把迷你水母通通石化。

鯊魚男高速前進，試圖把團結在一起的五人**撞散**。

「這一次我不會再輸給你的！」卡爾在前方奮力抵擋，安德魯和四葉準備作出支援。

「雷電魔法！」兩人的雷電攻擊直擊鯊魚男的身軀，就算體格再強健的妖魔也被電暈。

「**是機會了！**」卡爾擔當先鋒，其餘四人也緊隨其後。

「這一招又如何？粉紅橡膠彈。」基德重施故技，一大片橡膠快要包裹學園小隊。

但這一次安德魯不再是**孤軍作戰**，人狼和貓女的利爪成功撕破了橡膠攻擊。

「特大冰霜魔法！」安德魯發動書上的魔法陣，把措手不及的水母女妖結成冰塊。

鯊魚男和水母女妖雙雙被擊敗，學園小隊的對手只餘下基德和魔鬼魚男。

「和昨日相比，判若兩人呢，是因為有隊友在身邊吧？」基德感到意外，在學園緊密地生活的學園小隊默契十足。

「**束手就擒**吧。」此刻安德魯已深信會得到勝利。

「你好像太小看我了呢，再者單靠那人類女生，真的能拯救公主嗎？」基德換上認真的表情，騎在魔鬼魚男背上的他準備**反擊**。

安德魯、卡爾、米露、四葉和美杜莎組成五人的學園小隊和海盜團正面交鋒，而變出人魚尾巴的迦南已追上八爪魚女，愛莉被她的觸手緊緊纏住，兩手也**動彈不得**。

「愛莉！我來了！」迦南帶著魔法書從後趕上。

「這女孩真勇敢呢，竟然孤身一人來營救公主。」八爪魚女放慢了速度，多條觸手等待著迦南。

「迦南……」愛莉奮力掙扎也**無功而返**。

「稍等一下！我馬上救你出來！」迦南的動作活像人魚一樣，但觸手眾多難以全數迴避。

　　「愛莉被挾持著，到底我該怎樣進攻才好……」在水底裡無法使出**火焰魔法**，而雷電魔法又會傷及被抓住的愛莉，迦南感覺無從下手。

　　「你就只會左閃右避嗎？這樣我很快就能游到水面，公主就會被海盜船帶走呀。」八爪魚女邊噴出墨汁邊說。

　　「**防禦魔法！橡皮球！**」迦南熟練地擋住了墨汁水泡，但被墨汁阻礙了視野的她沒有發現八爪魚觸手已包圍著她。

「好了，待我把這橡皮球吸收後，你的下場便會和公主一模一樣了。」八爪魚女以觸手吸收魔法橡皮球。

「怎算好……」迦南只能釋放更多魔力支撐著防禦，持續下去她的魔力也會被吸乾。

但在這水底下還有一種東西，不需雙手不用繪畫魔法陣也能為戰友提供力量。

「是愛莉的歌聲！」迦南感覺全身充滿了力量，被吸收的魔力也回復過來。

愛莉感覺無比舒暢，她集中起精神，一點也不覺得緊張，現在她只是一心為迦南提供支援。

「弱化之歌。」愛莉先以力量之歌為迦南提升魔力，再以弱化之歌令八爪魚女失去力氣。

「公主終於能好好運用人魚歌聲的力量了呢。」八爪魚女終於放開了愛莉。

「綑綁魔法！」迦南再以魔法把八爪魚五花大綁。

「好了，我投降了，無論是公主還是這人類女生，你們都表現得很好呢。」

「你到底是什麼人？為什麼要捉拿我？」
愛莉問。

「這問題還是由你爸爸解答較好。」八爪
魚女笑著說。

◆第九章◆
水底追逐戰（下）

愛莉安全獲釋，而學園小隊和海盜團的對戰也進入了最後階段。

「**哈哈哈哈！**就算你們有五個人，想要收拾我海盜王也沒這麼容易呢！」騎在魔鬼魚男上的基德速度快如閃電，學園小隊的攻擊全部沒功而返。

「能把他們石化停止下來嗎？」安德魯正在**苦思對策**。

「不，他們的動作太快了。」美杜莎說。

「還要抵擋那魔法手槍的攻擊，我們根本無還擊之力。」四葉以法術築起防禦網。

「那就由我來**打開缺口**吧！」卡爾向前突進，趁基德為手槍裝填子彈發動攻勢。

「**抓住了！**」卡爾成功抓到魔鬼魚男的尾巴。

「這樣和自投羅網有什麼分別呢？」除了基德外，魔鬼魚男同樣身手了得。

魔鬼魚男用力拍打雙鱗，強大的衝擊波直接把卡爾轟飛。

「放手一博吧！全力使出雷電魔法！」為免白費卡爾的努力，安德魯決定在魔鬼魚男停下的一剎那全力進攻。

「**銀色防禦子彈**。」基德再射出一發子彈，銀色的防禦牆擋住了雷電魔法。

「這魔法還是不足以攻破這面牆。」四葉緊張地說。

安德魯**全神貫注**，沒留意到海底裡正傳出激昂的歌聲，這歌聲不但回復了安德魯的體力，更大大提升他魔法力量的效果。

是愛莉的歌聲。

力量充沛的安德魯看到迦南和愛莉。

「大哥，該投降了。」魔鬼魚男說。

「唉呀，既然我的女兒已被救出，即是遊戲要完結了呢。」基德收起了防護網，笑著舉手投降。

學園小隊和海盜團終於**分出勝負**，扮成傳奇海盜王的基德是時候向眾人解釋真相了。

海盜船上，一眾海盜被綑綁起來，這次學園小隊得到了大勝利。

「爸爸！為什麼裝成這樣子？」愛莉撕下基德的鬍子和眼罩後說。

「我想幫你教訓一下魔幻學園的學生嘛！我聽他們說你不想轉校，心想要是這班學生沒有**真本領**，我便向你母后提出取消轉學呀。」基德指著蝦兵和蟹將說。

你們又怎麼變成海盜了呢？

愛莉接著問。

「其實我們在商場發生的事全都被基德叔叔看到了，是他建議大家扮成海盜嚇嚇你們的……」龍蝦男說。

「是基德叔叔的主意。」巨蟹男說。

「所以這一切也是惡作劇，是給我們的考驗。」安德魯放下心頭大石，他一直擔心原兇是黑魔法派的刺客。

「哈哈，就當是海洋旅程的特別體驗吧！」基德打趣地說。

「難怪海洋騎士沒有戒備，因為他們都知道根本沒有海盜。」安德魯說。

「不過大家表現得不錯，愛莉也終於能唱出**魔法之歌**，現在你應該有興趣到新學園上課了吧？」基德輕鬆地掙脫綑綁，其他海盜也一樣不怕這簡單的束縛。

愛莉感到羞愧，一切的危機原來是她父親弄出的鬧劇。

「要是**認真作戰**的話，我們能獲勝嗎？」安德魯問。

「洞悉到塗鴉的意思，猜到海盜王的真面目是我，又能從我們手上救出愛莉，你們的能力得到我的認同。」基德對學生們給予讚賞。

「但要和真正的惡人**正面交鋒**，你們還需多加努力呢。」基德沒有使出真正本領，六色魔法槍也只用過四種子彈。

海盜團的考驗終於結束，迦南等人也鬆一口氣，海洋之都是和平的地方，這裡沒有黑魔法派，也沒有真正的海盜。

海盜船上，魔幻學園的學生們和海盜團的成員**聚首一堂**，但這次他們的氣氛一點也不緊張，而是樂也融融地享用奧莫為他們準備的午餐，在海盜船上吃午餐別有一番風味。

「原來奧莫你和他們是一伙的，怪不得一到達海洋之都你就失去蹤影。」迦南說。

「**哈哈**，我和基德已認識很久了，既然是老朋友拜託的事，我當然不能拒絕啦，和你們交手的女八爪魚是我的**妹妹**。」奧莫搭著妹妹的肩膀說。

「大家也是裝扮成海盜的，那你們的真實身份是⋯⋯」安德魯好奇地問。

「我們是基德大哥親手訓練的**特殊部隊**，除了皇后和她的親信外，其他人也不知道我們的存在。」鯊魚男說。

「為什麼要組成這麼神秘的隊伍呢？海洋之都不是一片和平嗎？」四葉摸不著頭腦。

「畢竟黑魔法派還在擴大勢力，海洋的和平便不是必然的，我們也要防範未然，在戰火蔓延到這裡前做好準備。」水母女說。

「能鍛煉出這麼優秀的隊伍，基德先生你原本又是怎樣的人類呢？」安德魯問。

在失去右手之前，
我是一個公會獵人。

公會
獵人！

　　安德魯和迦南異口同聲地說，他們曾經也
和獵人交手。

　　「多年前我受公會委託，追捕一名躲藏到
海洋之都的犯罪妖魔，但他實力高強而且十分
殘忍，我的右手就是被他吃掉的。」

為了**和平**而作戰的基德從此就失去了重要的手臂。

「幸好在那時候遇上了愛瑪，全靠她的歌聲我才能保得住生命，而我之後便留在海洋之都治理傷勢。」基德因此對愛瑪日久生情，愛上了人魚皇后。

「原來爸爸以前是獵人嗎？我從來沒有聽過你提起在人界的事呢。」愛莉不知道父親的這一面。

「那已是很久以前的事了，失去右手後我也放棄了獵人的工作。」為了**保護人類**，獵人這職業隨時要拼上生命，是高尚而危險的職業。

「但基德先生還是十分屬害，不只能培訓出這麼優秀的隊員，就算只有一隻手臂還是位**出色的戰士**。」安德魯崇拜著說。

「要是你們繼續留在海洋之都，我可以指點你們一點作戰技巧，反正假期才剛開始嘛。」基德不只好客，也喜歡**作育英才**。

迦南等人的確還有時間繼續快樂地遊玩，但在魔幻世界的另一個國度，卻充滿了黑暗和緊張的氣氛。

第十章

來自學園的信

　　海盜的危機解除之後，人魚皇后的演唱會也能順利演出，但現在愛莉不再感到畏懼，重拾信心的她**昂首挺胸**，和皇后一同踏上舞台。

　　「開始了！」觀眾席上，迦南向著登上舞台的兩人歡呼。

　　「很漂亮啊！水底的樂器和舞台服裝也很亮麗呢！」四葉也興奮地叫喊。

　　由貝殼、螺殼等做成的樂器令人耳目一新。

　　「海鮮！好多海鮮！」卡爾看著水中的演出只聯想到食物。

「**不能吃的！**」米露和美杜莎異口同聲地說。

愛莉受母親邀請一同合唱演唱會上的第一首樂曲，她們的歌聲教全場肅靜聆聽，人魚的歌聲除了動人，更厲害的是當中蘊藏的強大魔力，令全場聽眾醉倒，如置身美夢之中。

待第一首歌曲結束之後，取而代之的是如雷貫耳的掌聲和歡呼聲。

而第二和第三首歌曲也是由愛莉個人獨唱，若然沒有遇到迦南，或者愛莉現在還緊張得腦袋 **一片空白**，但現在她享受唱歌，享受為觀眾送上溫暖。

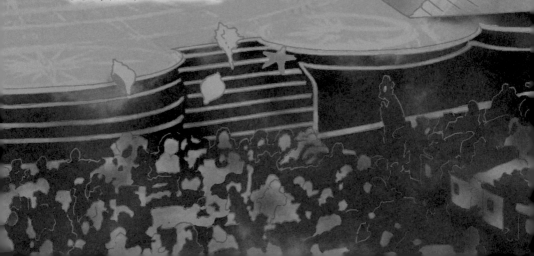

「幸好有來海洋之都呢，能聽到這麼優美的歌曲，又能結識到霽莉這新朋友。」迦南微笑著對安德魯說。

「全靠你的鼓勵，愛莉才能放膽去唱歌。」安德魯說。

「**你怎知道的？**那晚上你偷偷跟蹤我嗎？」迦南驚訝地說。

「擔心你一個人會遇到危險嘛！但能聽到你的歌聲真的是意外收穫呢。」安德魯回想起迦南的歌聲，就不禁失笑。

「忘記它吧！我是為了愛莉才唱的！」迦南其實是個**音痴**，在人界的音樂課上她也從來不敢放聲高歌。

但就算再難聽也好，迦南的熱情確實打動了愛莉，讓愛莉利用人魚之歌，感染更多的觀眾。

吸血鬼一族的根據地——黑翼古堡之內，所有吸血鬼也露出**嚴肅**的表情，因為他們接收到一項指令，一項來自九頭蛇海德拉的指令。

阿諾特陛下，我們……不能這樣做的。

一眾吸血鬼大臣懇求他們的新領導人。

九頭蛇的指令，是公開處決上一任吸血鬼王和不服從的餘眾。

阿諾特沉默不語，雖然他為追求力量而不擇手段，但他無想過要傷害族人，更無想過要親手奪去父親的性命。

「為什麼不能呢？」不死族妖魔依娃一直在黑翼古堡作客，同時監視這裡的吸血鬼，確保他們聽令於黑魔法派。

「上任吸血鬼王為族人貢獻良多，他是我們的英雄呀！」大臣激動地說。

「但**時移世易**，不合時宜的不該再留下，處死這些不服從的人是改革的第一步，你們有異議的話，也會被視為**叛亂份子**。」依娃散發出驚人的魔力，教在場的大臣全部膽戰心驚。

「照海德拉大人的意思辦吧。」阿諾特冷漠地說。

「但是……」大臣話未說完已被阿諾特打斷。

「毋須多講，依娃你決定**行刑**的日子吧。」

　　阿諾特轉身離開，他不想有更多國民被當成叛亂份子被處決。

　　把傷亡減到最低，這是阿諾特現在唯一能做的事。

　　但對其他人來說，這並不是唯一的選擇，從魔法學園派出的拯救小隊已潛入黑翼古堡，他們受校長巴哈姆特所託，前來阻止悲劇發生。

　　「這裡就是**黑翼古堡**，我們要盡快找出囚禁上任國王的地點。」魔法老師史提芬以魔法展開多張地圖。

那是黑翼古堡結構的平面圖，這歷史悠久的建築結構複雜，而且**易守難攻**，多年來也沒有外敵能攻破這神秘的堡壘。

　　「其他囚犯也得拯救出來，當中包括了安德魯的母親。」玥華法師神情凝重，這次任務絕對**不容有失**。

　　「我已寫了一封魔法信給安德魯，希望他不會魯莽行事吧。」黑魔法派已對外公開處刑一事，訓導主任法蘭只擔心學生們會受牽連。

　　「分頭行事吧，記著要小心行事，別被吸血鬼發現。」史提芬說。

　　三名導師組成的拯救小隊已悄悄展開行動，但他們沒有想到安德魯收到信件後會作出怎樣的行動。

「**真的很棒啊！** 難怪各地妖魔也爭相搶購這演唱會的門票！」米露收藏起人魚演唱會的門票作為紀念。

「這門票很昂貴嗎？」迦南好奇地問。

「大概足夠交我們一個月的住宿和伙食費吧。」美杜莎說。

「吓！夠吃一個月？那即是好多頭燒豬和好多好多美食！還給我，我情願用來吃呀！」卡爾激動地說。

「你幹麼這麼大反應？門票的費用又不是你出的。」四葉瞪著貪吃鬼說。

「**啊！是魔法信啊**。」摺成紙飛機的兩封魔法信飄落迦南和安德魯手上。

安德魯閱畢魔法信後 **二話不說** 便展翅高飛，其他同學都來不及反應他已離開了海洋之都，幸好迦南也收到法蘭的魔法信，內容是請她看顧著安德魯，別讓他前往黑翼古堡。

迦南！你別跟我去，那裡太危險了！

高空之上安德魯邊拍翼飛翔邊說。

「就是因為危險，我更加不能讓你一個人去！」騎著飛行掃帚的迦南緊隨其後。

「黑翼古堡已是黑魔法派的據點，你跟我去和**送羊入虎口**有何分別？」身懷金黃魔力的迦南，是黑魔法派的目標。

「如果單獨行動我們或者真的會被輕易抓住，但經歷過這麼多危機，只要我們同心協力，一定能**安然度過**的。」迦南沒有遵照法蘭的囑託，她很清楚安德魯一定不會棄母親不顧。

所以與其加以阻攔，迦南認為不如成為安德魯的**助力**。

安德魯點頭同意，然後兩人繼續高速飛向黑翼古堡。

除了學園導師小隊、迦南和安德魯外，還有另一支來自人界的小隊伍剛剛到達黑翼古堡，他們受到的委託也是**拯救**出被囚禁的吸血鬼們。

「哥哥，這裡就是吸血鬼的巢穴了。」穿戴專業獵人裝備的艾翠斯說。

「嗯，想不到我們會來救吸血鬼，而不是狩獵他們。」艾爾文也一樣。

「好了，你們二人記得不要離開我太遠呀，否則被咬成吸血鬼的話**後果自負**。」在艾爾文兄妹身後的，是他們現在的師傅，資深的公會獵人。

三個小隊，兵分三路，分別潛入了黑翼古堡。在這**歷史悠久**的華麗建築內，將會展開激烈的拯救任務。

我的
吸血鬼同學

老吸血鬼王身陷險境，三路人馬展開拯救任務。

入夢魔法難以破解，安德魯父親隆重登場。

vol.6　　經已出版

作者·卡特 繪畫·魂魂SOUL

【 vol.5 假會長蒙面人之合謀 】

合併兩校學生會的會議突然召開，真假七公主當面對質，究竟誰才是冒牌貨？
前後兩次遭受禁錮，背後搞事的蒙面人的身份昭然若揭，
明明應該同仇敵愾，學生會內卻有人和他私通？那，不是背叛其他成員嗎？

推理七公主的關係出現重大危機！這一次，涉及並非可以純粹地用理智去解的謎，
而是剪不斷理還亂的心理障礙和情感問題啊！

延續之前未完的故事，推理七公主會因此決裂嗎？

Vol.1-Vol.5 經已出版

創作繪畫◎余遠鍠　　故事文字◎何肇康

神探包青天

Detective Bao

⑥
開封大火災

　　開封城珠寶商七慶樓，被惡名昭彰的飛雲盜盯上，屢次受到火災的洗禮……為保護義姊瑤瑤，張龍不惜以身犯險，誓要抓住潛伏的飛雲盜細作！

　　在潛火隊隊長黃起，以及七慶樓小玉的協助下，張龍抽絲剝繭，逐漸發現案件背後，眾人盤根錯節的關係。真相原來咫尺之遙，卻又如此難以置信，張龍面臨前所未有的掙扎。

　　然而，明察秋毫的包大人，其實早已看破一切，伺機而動……

經已出版

我的吸血鬼同學

創作繪畫	余遠鍠
故事文字	陳四月
策劃	YUYI
編輯	小尾
封面設計	Zaku Choi
設計	siuhung
出版	創造館
	CREATION CABIN LTD.
	荃灣美環街 1-6 號時貿中心 6 樓 4 室
電話	3158 0918
發行	泛華發行代理有限公司
	香港新界將軍澳工業邨駿昌街七號二樓
印刷	高科技印刷集團有限公司
出版日期	第一版　2020 年 2 月
	第二版　2021 年 5 月
ISBN	978-988-79843-8-2
定價	$68
聯絡人	creationcabinhk@gmail.com

本故事之所有內容及人物純屬虛構，
如有雷同，實屬巧合。

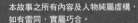